サディスティックな青空と
カシオペア座に捧ぐ

十風《とおかぜ》 遥処《はるか》

文芸社

サディスティックな青空とカシオペア座に捧ぐ

目　次

サディスティックな青空と
カシオペア座に捧ぐ

（小）池に落とされるタイプの奴のお話

コイケショウ（症）

最近の料理番組

濃《こ》い目の化粧で先生登場。

……コツコツとジミ目のアシスタントが料理をやっている。

先生はカメラ目線でいろいろポーズを決めている。

先生「見た目の好みもいろいろですからもりつけはなるべくそろえないでくださいね……赤い野菜を多くしたり緑の野菜を多くしたりといろいろにしてくださいね」

アシスタント「先生　それでは栄養のバランスが悪いのでは……？」

先生はカメラにウィンクをして真赤な口元になぜなのか人指しユビをあてていたのだがその視線をアシスタントのズボン、股間《こかん》あたりにうつしかえている。

先生「ズボン（自分）の健康管理くらいはズボン（自分）ですべきなんですよ……本来は」と……オヤジギャグをとばしている。

先生「お料理についてですが……好《す》き好《ず》きもいろいろとありますから大きさは……なるべくそろえないでくださいね」

アシスタントが料理の手を止める。

アシスタント「先生、それでは各ご家庭でお作りになられる場合、兄弟ゲンカになるのでは……？」

先生「そこが……いいんですよ……元気な子供を育てるためにも」

先生がカメラの前で一回転し軽《かろ》やかに……だがしかし、よくみるときのう憶《おぼ》えたばかりのようなゲッツのポーズを決めている。

先生「もういちどおさらいを致しますが、本日のお料理の材料は……ニンジンとタマネギとおナスと※黒毛ダイコンとコンニャクとカボチャと青汁と……かくし味に私のツメのアカと松葉を少々と生クリームとウラナリと……トナリの畑のシソの葉を少々と……ですが……これをごらんの皆さんは……この番組でおぼえたとおりには作らないでくださいね……そうすると……私の責任《せきにん》になりますから……
……」

アシスタントは自分の右足と左足がからんで思わずコケてしまう。先生はそのあいだに濃《こ》い目の化粧のフクメンを脱ぎすててカメラの前から消えてしまう。

視聴者からのおたより

・全くもってフザケてる……けしからん
・これは最近の……新しいタイプの料理番組でしょうか、それとも料理番組にみせかけた新しいタイプの漫才《まんざい》の番組でしょうか
・こいつ……小池症（濃い化粧）？……こいつ……池に落とされそのあとで……

コイケショウ（症）

アシスタントからクビしめられて……ククク……九九苦《ククク》……ククク……コイケショウ（症）……ゴメンなすって……

（これは……もしかして……ご本人からのおたよりでしょうか……よく判りません）

※黒毛ダイコン……実際にはありません

『√5《ルートファイブ》をみた男』抄

人物紹介

（ケイカ台病院精神科待合室の人々）

①主人公　草分記大蔵《くさわきたいぞう》

メロンのネットをつねづね頭にかぶっている、√5もしくはメロンと呼ばれている。

きわめてゆがんだ性格のもち主である。（23〜24才）

②古着山《こぎやま》　サヴァン症候群《しょうこうぐん》（天才的奇病《きびょう》）の男

ものわすれがひどい。時々自分の名前を忘《わす》れることがある。

服を着るのを忘れ外出したため警察に逮捕された過去をもつ。

そのかわり、10ケタのかけ算、わり算が瞬時に出来る。（48才）
③プラチナ伯爵《はくしゃく》
ケータイを5台もっている、時々自分の電話に自分で電話をかけている。（64才）（アゴヒゲをのばしている）
④ペンギン男
ペンギン型の帽子《ぼうし》をつねづねかぶっている。神経質であり毎日の掃除《そうじ》はむろんのことふとんカバー、シーツカバー、マクラカバー、洋服等は毎日すべてとりかえコインランドリーであらっている。（27才）
⑤細子《ほそこ》　ふるえる女（45才）
⑥前川　最強のペンネームをもつ男……ペンネーム芥川直紀《あくたがわなおき》
※・・・・・
はえある2賞からかりうけた銘名《めいめい》である。この男は大物が大物であるゆえ診察の順序《じゅんじょ》をめぐってつねづね√5ともめごとがおきている。

大物が大物であるゆえ大物はいちばん最後に登場するものだと思っている。ゆ

※はえある２賞……芥川賞、直木賞

えに、診察のばあいにおいてもいちばん最後に診察をうけようとするものである。(51才)
⑦マサキ……善《ぜん》太郎……双子の兄弟の兄である。弟良太郎は同病院に医師として勤務《きんむ》している。時々弟の仕事着である白衣を着、ちょうしんきをぶらさげているため、先生と呼ばれている。(33才)
……てきとうに読《よ》んでください……
⑧神田《しんた》信吉……黄色いラインの男。黄色いラインを見かけると必ずころぶ。病名統合失調症と診断をうけるが実際は不明。(26才)
⑨直也　車イスの少年
精神科待合室でおこるおもしろい出来事を時々見にやってくる。
脳内はいたって健康体である。(15才)
⑩私　閉所《へいしょ》恐怖症になった女
第一回目の入院は10日間であった。その実《じつ》私は、〃この病院には所有権がある

が、私にはこの部屋には占有権があり、一歩でも入れば不法侵入《しんにゅう》となり、又薬、注射をした場合、傷害罪《しょうがいざい》にあたるぞ〃などとおどかしたため、強制退院となった。

それ以来何かというと家族の者が精神病院へ入れたがり今回は6回目となるのだが、それにはちょっとした理由《わけ》があり、となりのとなり町まで真冬《まふゆ》にくつ下一枚で走ってパトカーにほごされた過去《かこ》をもつゆえに……現在では同病院に通院に至っている。(57才)

⑪養子《ようこ》　点てきをうつ女

車イスに乗《の》っている。実は歩けるのかも?

かんごふさんを用事もないのにつねづねよびつけている。(70才代～)

⑫名前不明　仮名太郎

うずくまる男。ふだんは「アー」としか言わない。ふろに入ると「イイイ……」と言う。びっくりした事、又恐《こわ》いことがおこると「ウウウ……」と言う。

その他のことばは使ったためしがない。
いつもぽかんと口をあけている。（38才位）
⑬うずくまる男、同じく名前不明　仮名次郎
常に頭をかかえている。「ウー」しかきいたためしがない。
哲学的頭脳《てつがくてきずのう》のもち主かも……不詳《ふしょう》『考える人』。（42才位）
⑭数子《かずこ》　ハンカチをかむ（※ホゾをかむ）女
自律神経失調症。保険外交員をしている。成績がおもわしくないため、つねづねハンカチを（ホゾを）かんでいる。契約がとれると一時的になおったようになる。（45才）
⑮南田《なんだ》ユタカ　他人の手症候群（奇病）の男
常に左手がかってにうごく……時々近くにいる人をなぐりそうになるのだが右手で必死にとめている。（40才）
⑯佐藤利夫《としお》つまり砂糖《さとう》と塩《しお》

※ホゾをかむ……どうにもならないことを悔やむ

平々凡々な人生を、つまり人並みな人生を歩んでほしいとねがった親心から名づけられた名前である。両親はどこへ行ってもクビになるために超びんぼうである。そのためにひねくれた性格に育つ。（18才）

⑰平川一紀　恋愛依存症《いぞんしょう》

かぐや姫のような女性像をえがいては、恋愛ノートを書きつづっている。のちに√5にひろわれて、以来実は√5がかくしもっている。それ以来ノートを捜《さが》しつづけている。（39才）

⑱下見　√5の運転手、きわめて温厚《おんこう》な性格、土、日祝以外はほぼ毎日出勤《きん》。（61才）（月給11万5000円）

その他　若い人にはうつ病かん者が多い。

その他　ちほう症老人たち大ぜい……だいたい70才以上。

その他　バラエティにとんだ人々がこの病院には訪れてきているらしかった。

ズームインかぐや姫

（座だん）むかしむかし　あるところに※（黄疸《おうだん》）竹とりのじいさまが住んでおりました。

（商《しょう》だん）その日も竹とりに行ったところ一本だけ一節だけが明るく光っているではありませんか。

（さいだん）じいさまがその竹を切ったところ（賛嘆《さんたん》）中にはたいそうかわいらしい（実験）女の子が入っているでは（だんだん病理が）ありませんか……

（さんだん）じいさまは　その子を家に連れて帰り（じょうだん）かぐや姫と名づけばあさまと二人で（しけん的）大切に（おみやげがもらえるかもしれないと）育てておりました。（がんたん）じいさまがまた竹をとりに行ったところ

（じょうだん包んだ）また一本の竹が（切りカブ）光り、（親おや）切ってみれば、中から（輪《わ》）小判が（化粧）出てきましたのでした。それからというもの（歯《わ》、余談）じいさまが竹（尾《を》）とりに行くたびに中からは（がんたんなおした末さいだん）大判小判が（本ものらしきを）きらきらと（さながららしき）出てきましたので……（ごしけんてきりょうさんたんが）おじいさんとおばあさんの家は（※メロンがかってに出しむくたびたびたちまちがひしめきだんだんと反たんとばしてかんたんに）大金持ちになり　やがて　大きなお屋敷を（おもて前だけはりあわせ）ズームアップが（おもてむき）三人で（前むきが）幸せに（世間ずら）暮しておりました。

※黄疸……皮膚・体の組織が黄色になる病気

※メロン……あだ名

〈抽象画的文章〉

天《てん》外《げ》戸《こ》小《こ》華《け》経《きょう》

（声に出してよみますとお経のようにきこえます）
※読みにくい場合はこの章をとばしてお読みください

じゅげむでんせつあげみつぐ・
じじん、でんじつ、せいじつ、ごうじつ・じつぜう、ごうじつ、べんごん、しべんの・
じこべん、カンジキ、トーベン、カンジキ・ジキジキ、ボージキ、
ゾーゼイ、カンリャク・クーハク、ハクジテ、デタトコ、ショーブダ・
ジジン、デンドン、ノンドン、リンクク・クレハカリケリ、タデトデ、ヨージズ・じしん、
でんじつ、ヨジツグ、ウードク・クレバラ、イボリの、ノキノキ、ボージョク・

〈抽象画的文章〉天外戸小華経

クラブレ、アナブレ、ウラグレ、ハライボ・のリボリ、クーグレ、レンレロ、
ツーブジ・どぐわず、ぞんぞぐ、デンジン、ゲンジン・イキグレ、アナグレ、
ヂャバクラ、アイギョー・デンゾグ、ツーベク、ゾーゼイ、ゾーリグ・ウーヌラ、
ボーギャグ、
ツグツグ、カンリャク・ギョウバー、グーツグ、テーデレ、ワイレン・ボゲデル、
ねぼげー、
ボリシベ、ダータウ・タククグル、グルタグ、スウボケ、ジャウジャウ・ヌーバク、
クレツレ、デレビデ、
ウーバク・グーツデ、デレデー、アイミョウ、シーバレ・ボリシベ、タウダー、
ヌウボケ、
ジャウシャウ・ギョクギャー、バレツレ、カウカワ、モウロー・ロンタス、ステテコ、
ネンベン、ペントフ・ターダラ、ランダウ、ボリノウ、クーグー・ハクジキ、ジ

キデタ、
ネドコデ、デタトモ・ロウロウ、タデトロ、ローゾイ、インセク・キャバクラ、
ポーダタ、バクシテ、ジャウジャー・ウゾイガ、ゼーゾイ　ツーベク、クレボ
リ・ジンニャー、
ハリハラ、アラボワ、ジイジイ・ボーギョウ、ブシフシ、ツグツグ、クツジタ・
ツーベク、
クレボリ、シンニャ、ハリハー・イゾイソ、シモシウ、インデー、キャラバー・
カイテウ、
リンゼイ、ゼンガン、カイデー・ギゥジー、クレグー、クーグー、クレデー・デ
タトモ、ロンデウ、
トモノイ、トモノグ・ロウロー、デドゴー、ゾーゼイ、ギャバジー・ジンジン、
ガイジー、
シグベグ、グレグー・ネンベン、カーカー、ハーパー、ハラダー・ジンデー、ウ

グリャウ、グレムー、
ギンギー・ウーシャウ、ウーメウ、ジグジー、スグスウ・シモトロ、ロウロウ、
オタリャー、デンジウ・モウゴウ、リリガラ、デージデ、ゾゥデッ・ハグシデ、
ゾウデー、ガイデー、
ゾーレウ・ヌーググ、レンレウ、グレデモ、ヌニヌダ・バンギョー、ズンヌグ、
イボコロ、リンリン・カンニャー、ハリハー、
ホラネロ、ハレネラ・ネドウる、ベングー、ぐれデモ、モレガガ・リガイデ、タ
ウダウ、
キラデバ、ハイデウ・はいでが、のうでう、シボグレ、テボレヌ・ズオズオ、ニ
ンゾン、
ソンガウ、サボダウ・オガウン、モヌトヌ、ゾルガウ、ザウダウ・オンテウ、
モヌドウ、ネンブー、てびろう・すらぶウ、ハイガウ、ハイダラ、ダーダう・
インデウ、しみつげ、だんだう、スロぶウ・ハイガラ、タヌケタ、スケヌケ、

ンンテウ・ボンボン、ジンデラ、ミスミウ、トンデン・イガシウ、イボラガ、
トメデウ、ハイガー・シホラマ、エンデウ、スモモウ、ズモモウ・モトノモ、
クレシキ、セイウー、ズヌビウ・キギレウ、シバジウ、バンギウ、ヌグズレ・レ
ンドウ、
クーボフ、シノジビ、キンジン・シンズウ、クタバレ、ザウザー、バゥバー・
のりのう、ドゥドー、だわじみ、みがじう・ゲウリフ、フグツー、サウザー、
ブウボウ・グレバレ、グレノウ、ツーグル、ジレボレ・デデンデ、アゲツグ、キ
ラテカ、
テンテラ・ハイデウ、ハイダウ、アゲダウ、バーザウ・ハウジウ、ボウサル、ミ
スミズ、
デンデウ・シボララ、ウガジダ、ウガシグ、イガシン・ジボラウ、生《い》がした、イ
ガシガ、
ジンデウ・ジボラウ、イガレダ、胃がシか、シが胃が・のりどう、医科歯科、

イガジカ、イガジウ・イガシド、ドンデン、ドンドウ、のりぞう・のんでう、バウジウ、
りとりの、のりのり・のんでウ、うんでう、のとたま、うのふふ・おじゅけむ、でんぜう、
あげみつ、ぐんでう・ムジン、デンデズ、どーわず、ぜんざう・しじん、でんでん、
ぜいじつ、ごうじつ・べんごん、しべんの、じこべん、カイシキ・トウベン、カンジキ、
ハクジキ、ジキジキ・カンリャク、クーリャウ、ハクシテ、タデタド・ジンデン、ドンノン、
リンクク、カンジャー・ジキジキ、オンミャウ、バクシウ、クーミャウ・アンダン、
シンミャウ、ノンデウ、シイリャウ・クーリャウ、ランジャウ、ハクシデ、

テクミョウ・オンミャウ、インドウ、シシトウ、ウンテン・ダメボシ、シンテウ、シンカラ、カンナン・

クレハラ、カリケリ、あげおげ、おうじて・くれはれ、カレハレ、かりんと、のすのす・

りんとす、ノンドウ、のんてん、のずのず・シントウ、ウンテラ、あげおげ、おうじで・

くれはう、かれはう、倫《リン》とす、のすのす・リントス、ののずす、

リンタウ、ノズノズ・リントス、リントス、倫との、ののずす・倫と述《の》す。

〈抽象画的文章〉天外戸小華経

～ゴゼ※様来たよ　遠い村から来たよ～

※ゴゼ：盲目の女性のこと

月山

～昔、盲目の女性たちは6才位の子どもの頃から三味線ひきの盲目の仲間にひきつられ旅に出てその多くが男に身をひさぐ※しか生きるすべのなかった時代の情景～

月を日を森にうけそのゆるやかな公配《こうばい》に作られた細道は、
人の世の六道輪廻《りんね》の世を生きる人々に古来よりの姿をそこに滞めつつ
生を紡《つむ》ぐためにそこに登ることを許している。
死者を温《たず》ね女人禁制の流れを以て尚月山は許しの山であった。

※ひさぐ……売春すること

上弦のかげろうのように細くゆらめく燈明仏《とうみょうぶつ》の月は、うっすらと白くたゆとう
月山を写し出し、十八夜観音堂へ続く七曲りの峠にはおさない声の御真言が
かさをかむった地蔵様を相手にささやいていた、鈴の音《ね》のように
鈴を鳴らした音のように　やみの間《あいだ》に転がって入った。

㈲ 創世

……月明り……
男は能を舞っていた　遠くに狼の声がする
男は能を舞っていた
今、この時を此処《ここ》に滞め置きたいと一心に願っていた
　時が移ろい、時が散る
彼は能を舞っていた
ユキニヒラ　キラリヒラ
月に曇《くも》が掛かり移ろひを示しても……ただ一人、一心不乱に舞っていた
何故……時は移ろうのか

（能）創世

今……この時が永遠であって悪いのか
足りないものの無いこの時……無上の刻《とき》に舞っていた　ユキニヒラ
　彼は思う
今、この時の移ろひは他に何を望んでいるのか
　――時よ寄るな――
やよいの中、能の舞いには二つ在った
一つは神に祈り棒《ささ》げる舞い
一つは自らに願う舞い……
――時よ我に講うな――
時は無上の一刻《いっこく》を過ぎれば崩れゆく……
神は……今、この時の永遠を願ってはいないのか
永遠を願っていれば……何故、時は移ろいを示すのか
　彼は舞った

〜　由良理《ゆらり》

世は未《いま》だ……彼の舞い一振りに滞《とど》まっていた……

……月明り……

女は能を舞っていた
女の舞いであった
女は……望んでいた
女は……舞いたいと願っていた……
女は……見詰《みつ》められていたいと思う
女は一人……舞うことは望まない
女は……欲しかった……もっと多く……多勢の……人姿が
女は舞い　望む。
我が魂に魂が宿り来……多く……多くの人姿を……。

数多く多く見詰めるまなざしの中……舞うことが望みと思う
美しく……見詰められて……美しく
美しく見詰められて舞う様な……それを舞いたいと望んでいた。
だが……その己《おの》が心を知られたくはない
あくまでも……気高く……皆が……息を止める舞いを……望んでいた。
　女は……望む
女は心を面に隠して舞った
〜　ヒラリ
それは……善でもなく悪でもなかった。

〈抽象画的文章〉

黒金土火葬月流し

※読みにくい場合はこの章をとばしてお読みください

No.1〈かんながら……ききながし〉

……三冠者や三冠者《かじゃ》や……
……かんながら……かんながら
けん者　しらかの　しらかのか
ながめ　とむとむ　まつりのな
けん者　あじゃれを　こうじゃれば
じゅれい　おじゅれい　じゃれけんぼ
おまつき　しらかが　とむにみえ
あけてて　おじゃれを　乞《お》うじゃれば
うるるて　さいはし　しらかのが
おうてて　さいはし　しらかのら
よろりて　いいよる　ともよりの
いいよる　おこらの　かんかがく

〈抽象画的文章〉黒金土火葬月流し

おみてて　いよるの　ともこもこ
ふすれん　れんじゃく　をるよりの
よろうて　こよるの　ももとする
かけもす　はもひの　おつをるを
ももとす　るつふす　るつふすす
はひほふ　お方《かた》の　ててばらい
生きてう　ずんなす　ずんなすは
なんざざ　ござしか　ござねしか
ももとす　すももの　もものくの
なすくす　くぐすの　しおくしの
もといも　もとふす　ふすもとゑ
いわせせ　せみさる　せみあえう
いざとも　われとも　もどれぬは

あいてて　手よひの　おふてたす
をみてた　ふすれん　ふすまみを
るすふす　えんがく　はらひてて
はひほふ　はひほふ　はひはふふ
をいてて　はらひて　はひはふの
おんとす　お方の　ててはらひ
生きてう　ずんなす　ごいばらが
はひほう　お方の　てつねつね
なんてう　ござやし　みぎりみを
なんでん　たもれた　ごねいかが
なすぐす　もくげの　ごんざやく
いざとも　いわざる　くすぐしの
こよりみ　たすとき　きながしう

なんぜん　くもよく　すすかがく　みよりみ　このんで　かわせみつ
なでみて　しらかの　かなかのは　なれども　おうむつ　しなぶれば
こよんで　このとと　なでらいの　なでてら　でらかふ　赤鼻江
かんかか　このとと　しららしは　もともと　もくげの　ねんがかの
かくよく　せみてう　きながかは　なくずす　もくげの　いいぶくみ
いわくて　てみせう　ききながし　……ききながし　すしかんながら
こよりき　きよりき　ききながし　……ききながし……
きよりて　きよてを　ききながし　……ききながし……

No.2〈よんとまし　長すだれ〉
かん者　いらかの　いらかのか　なんがか　とむとむ　むつはすわ
けん月　あじゃれを　音《お》うじゃれば　まつかか　花花《はなはな》　おかかんの
さんじゃき　じゅくじの　おしおうが　おしてて　わとわす　すすけとう

うるうて　さいはの　のりあえは
あふてて　みよとの　ともよとの
ふすぶす　みてみて　とももこも
みてみて　いいよる　とこもこも
すれんて　てたれの　ともひのの
なんじゃき　ぶすよく　まぎわよく
あいよる　いいより　おしもこり
あいよる　いいよる　おしもすは
そらわす　長屋《ながや》の　一丁目
ねくむく　はんのは　ころあいの
かんじゃか　から者を　中《ちゅう》しても
つりばな　つりばち　つりいだち
あまから　じゃからを　宙しても

いるよの　いいより　いいのりの
よろうて　いいよる　わんとかむ
かんじか　みみする　わすはずは
なんじゃき　ふすれん　ふすざまき
犬にも　くわれば　ぼうじゃきゆ
なべ手が　でけたら　すみほざく
かん者か　もすこし　すけごろひ
あいよる　いのるの　おこもこも
ぶすかの　ころあい　しそらすは
ごばんじゃ　おじゃけん　おじゃけん者
ものとも　もともと　畑《はたけ》葉《ば》は
なんじゃき　き弁か　こもこごろ
なくてて　なにじゃを　なによざき

あえてて　おててと　申すとて　　なべよき　たべよき　ワンごろの
あふ　それまでで　フタをした　　なにかが　くさかの　かのかのか
ナベカマ　あタイを　申すとて　　こあてて　せんがく　ぼうにふし
じゃっきん　こっきん　それまでで　　ほんせま　みせたき　かん者たり
せんせま　かえせせ　鼻代の　　みせまま　せんがく　しらかは
ほんにま　かえてて　のり鼻《ばな》の　　でぎわき　よんとま　ほんくわき
てんてが　よんとが　長すだれ　　よんとま　手ぜわき　よんとまし
鬼出も　手ぜわき　よんとましまし　　……よんとまし……
よくてて　ながしし　よんとましまし　　……よんとまし……
よくてて　てながし　たんとまし　　……たんとまし

No.3〈ごんざやく……炭はなし〉

いん者　ひらかの　ひらかのら　　ゆきあみ　いらずか　つまのつま

ふすもつ　まつりと　ながむのは
ごあん者　てじゃりを　おうればは
いんじて　おうとす　あうおふの
きしんで　かんがく　大むろの
もくとく　とくげが　いんがきの
ほうじゃる　あじゃるる　おふうれば
まだらら　どーたら　下水《げすい》どうとく
いんじゃき　あかんが　もともとの
多大　おう大　いつりだいたい
セミとて　何きし　三年は
けにけに　ほうくり　そろばんは
よりとり　をのりの　ふすまとう
まててを　せてまを　とおりゃせば

いんじゅじゅ　いんじゃを　しななくも
まつきし　じゃかんか　合《お》うにみえ
のんでも　ごくろく　つばきしめ
のこりて　のんでも　をみたらぬ
おつまつ　ただをみ　おんころる
まつきき　しかんか　ふのもとの
まだらら　どふたら　かぶたらふ
もともと　のんでて　ただすなら
つもひも　ひろつも　ただのうえ
八年　すごろく　緑をまち
やきにし　ひしやき　しまにしの
ごあんざ　あらんざ　あらんじの
ものんで　ごろくの　つばきをめ

もとどの　もくげが　とおりすぎ
かんばせ　かんばせ　たまいばふ
ごしん者　おじゃ茶を　まちあれば
ごののう　友《とも》かの　かのかのの
おうけて　あじゃれを　信《じ》んじゃれば
るさいさ　はつかの　かのウラは
なんじゃき　じかびき　まぎわよき
のんてて　おとると　おるのるは
すしすす　すみやき　はいかかは
はしわう　わくれば　かくがくは
しんてて　しがらう　ごんざやく……
すすわが　しららう　ごんざやく……
みきてん　きてんの　ごんざやく……

まつたつ　いっかん　たまいばは
こよんで　ひながす　たすかつを
のうてて　とむとも　あけてての
まちあい　おじゅれい　なであえひ
きまつき　ごしらか　とむに消え
ららして　おつおる　おつかのの
犬にも　くれれば　炭ほざき
わくてう　うてらの　炭はしの
わくわう　うてらの　すみはなの
もとうと　木魚《もくげ》う　ごんざやく
ごんざやく　すす
ごんざやく　すず
しんてん　しがらく　ごんざやく

〈抽象画的文章〉黒金土火葬月流し

ごんざやく

精神病患者の叫び（赤い手）

わらいましたね　わらいましたね　※先生は　僕を見て
僕を見て　先生はわらいましたね。
いえ、先生はそのような人ではありません。
先生がそのような人ではないことは僕にはよくわかってます。
先生はただ婦長と冗談交りの会話をしていて
そのまま僕を　ふり返っただけなのです。きっとそうです。
でも僕はもう病院には行きません。
行くとしたら僕が治った時になると思います。
なぜならもう一度、僕のことみて……わらったら……もう二度と行けなくなるか

※先生……精神病院の先生

らです。
一回だけ　まだ行ける　その時を　僕はとっておきたいのです。
僕は当分病院には行きません。
僕はまだ　絶望はしたくありませんから。
僕にとって、今日は　最高に上機嫌《きげん》な一日になる予定でした。
でもそれは、こうなることは始めから決まっていたのでしょう。
運命なのです。運命というものは　ある日突然訪れて　それは
始めから　決まっていたことなのです。僕は知ってました。
先生は僕のことは心の中ではわらっているのだと僕は気がついてました。
なにしろ僕は悪人なのですから……僕がやった……もう一人の僕がやったことは
自分がやったことで僕の責任なのです、罪なのです。
行き場を失《な》くすことが僕に下った罰なのです。
僕はもう、じっとここにいるしかありません。それが僕の罰なのです。

どうやって生活してるって、え、それを語れと僕に言うんですか、この僕に。
おじさんですよ、おじさん、僕のおじさんは毎月毎月、ただ封筒に金を入れて
それを僕に送ってくるんです。おじさんは　そういう人なんですよ。
借りたものは返さなくてはなりません。僕はおじさんに会いに行かなければ
なりませんでした。借りたものは返さなければなりませんから……
それがいつ頃になるのか……と……
何かをつかみかけていたと思ってました。
何か、その何かは再び僕の前から遠ざかって……しまったのです。
　　僕は罪人でした。
裁かれることのない罪人でした。
警官の目の前で僕は犯罪者だといくら叫んでも
裁かれることのない罪人……なのです。
先生がそれを証明してくれるでしょう。

この人の言うことを信用してはならない……と
病気なのです……この人は善人なのです……と
周囲の人々は　いたわりの目で僕を見つめることでしょう。
憎むべきものは罪であってあなたではないのですと……
裁かれない罪人は償《つぐな》いを許されない罪人なのです。
永遠に　ここにこうして　いることが　僕にくだった罰なのです。
罪を償うことなく僕が解放されることは
始めからありえなかったのです。
ペンキを一缶買いました。赤のペンキ。
手首のあたりまで片方ずつ……
裁かれない罪人は　しかし裁く必要のない人々と
区別されなければなりませんでした……自《みずか》らの手によって
そして……僕の両手は、暗闇《くらやみ》でその赤は、黒くしっとりと、光り完成したのです。
※プーさんは、プーさんはベッドの上で　やさしく蛍光《けいこう》色を放ってくれています。
僕のために……僕には必要のなくなった　時を刻んでくれていました……。

プーさんは何も悪くはないのです……ただ僕が　悪いのです。
※初めての外出は夕刻でした。
時には僕も食料を調達に町に……この町に出かけなければなりません。

用意周到に、ジャンバーとズボンに赤のそのペンキと色々な色のマジックを擦《す》り込み、仕事中を装いました。レジでその店員は一瞬　ぎょっとした顔をしましたが　何も言わずレジを操作してました。僕の後ろに並んで待っているジーンズの男も僕の手に視線を捉《とら》えていたのを　僕は冷静に　斜《なな》めに見ていたのです。

帰り道、道往く人々は……僕にその道をあけわたしてくれていました。

たち止まり、横にそれ、僕がそこを通りすぎるまで僕の行く道を　さえぎる人はおりませんでした。

※プーさん……クマのぬいぐるみを表した時計
※初めて……初めてではないが初めてと思い込んでいる

僕は還《かえ》らなければならないのかもしれませんでした。
僕を、僕の存在を必要としないこの地より、僕を必要としているその場所に
僕は戻らなければ……ならないのかもしれませんでした。
先生、僕は一度　先生の所に遊びに行ったことがあるんですよ……赤い手で……。
先生は僕にこう言ったことがありました。
「気が向いたらいつでも遊びに来なさい」と。
灯りのついた窓から先生の姿が見えました。
先生はタバコを……時々飲物を口に運びながら
　タバコを吸いましたね。
僕は言ったはずでした。僕の前では、僕の見ている所では　タバコは吸わないで
ください……と。タバコはいけません。タバコを吸う人は心が黒く汚れますから
……と。火は死ぬ時に、虫や魚やにんじんが死ぬ時に使う道具ですからと。
先生は忘れてしまったようですね。僕の……ことを……。

※そいつと会わなくなってから、そいつが遊びに来なくなってから、僕が次に選んだただ一人の友人は先生でした。

そして僕はくる日もくる日も先生にただ読んでもらうだけのために、いろいろなことを書き続けてきたのです。対等であるはずはなかったのです。

僕は一患者に過ぎなかったのです。人並みを望んでもがいてきた僕は　人以前の人間でした。今、この場で先生の家の前にタバコの火を落として……みましょうか、先生に思い出してもらうために……。僕のことを　僕の言った言葉の本当の意味を理解してもらうために。

もし仮に　それを実行に移したなら、先生は一番に……そしてすぐに思い出すのではないでしょうか……僕のことを、炎の中で僕のことを。

それを実行に移さなかったのは、一番にそれを施《ほどこ》さなければならないのは僕自身にあるのだとその時気がついたからでした。

僕に残されたものは絶望だと気がついたからでした。そして　ポケットに※それを

※そいつ……実体のない人物
※それ……ライター

持っていなかったのは先生にとって……幸いでした。
先生の運命でした。
……　帰り道……
人々は僕に大きく道をあけてくれていました。
ナイフを持った男の前に人々が逃げまどうように。
アミを手にした子供の前にトンボが逃げまどうように
誰か私に一杯の水をくださいとボロボロの衣裳《いしょう》をまとい倒れた旅人のように……
僕は叫び続けました。何度も何度も叫び続けました。
「僕に水をください」……「だれか僕に一杯の水をください」
僕にはやはりアパートのこの部屋が似合いました。
囚人は……檻《おり》に鍵《かぎ》がついてなくても逃げ出さない囚人はいるのです。
ここは僕の居場所でした。
……夢の中……

滝壺《たきつぼ》から救い出された少年は、僕は、再び滝壺に飛び込んだのです。

滝壺の中には、僕がそこに来ることを待っていた人達がおりました。

ぷかりぷかりと　首がいくつも浮かび上がり、誰かがそこに来る日を楽《たの》しみに待っていた人々がおりました。彼達《かれら》はそこに来ることを待っていたのです。ぷかりぷかりと……　誰かがそこに来る日を楽しみに待っていた人々がいたのです。

彼達《かれら》は必要としていたのです。誰かそれらの人々と苦しみを、悲しみを分かち合える人々がそこに来ることを祈っていたのでした。

苦しくはありませんでした。悲しくもありませんでした。共にそれを分かち合える人々と共にそこに居たから……。

ただ僕は自分を介抱してくれたじいさまとばあさまに……

それを思った時、心が微《かす》かに熱くなるのを感じていただけでした……。

……

びっしょりと寝汗《ねあせ》をかいてました。朝方目をさましました。

カチカチとプーさんは……時計は9時でした。

ゆっくりと起き上がり花の記憶を、川面に浮かんだ白い花の記憶をたどっていました。

白い花は、じいさまとばあさまの涙でした。それから……

それから僕はゆっくりとゆっくりと時間をかけて身じたくを整え……

それから……

僕は歩いていました。だれもがそ知らぬ顔をして通りすぎてゆきます。

女の子が一人、一人で立ってました。うさぎの小さなぬいぐるみを抱えたその子は僕を見て、僕の手を見て、僕がその子に向かってほほえむと、驚《おどろ》いた顔をひきつらせ
「わ……っ」と泣きながら逃げて行きました。

これでいいのです……これで……これが僕の仕事なのです。

僕がこの世に生まれてきた理由がそこにあったのでした。

あのような人になってはいけない……と……

女の子は僕のような人間には決してなろうとはしないでしょう。

その晩　初めて顔にも赤いペンキをぬってみました。

ほんとうの僕をとり戻すため……

ぬらぬらと……赤い顔に……鏡が……わらい顔が　それを映し出してくれておりました。

鏡は僕の顔を覚えていてくれていたのです。

次の晩は足りないところをもう少し補いました。

昔、※角《ツノ》の生えていたそこの所にも……注意深く、鏡をみながら赤いペンキをたらしました。　次の晩も……次の晩も。

僕が朝だと思ったのは実は夕方《ぐれ》でした。　都合のいい時間でした。

昼中の青空の下はすでに僕の住める所ではないのです。

僕はそろそろ準備を始めなければなりません。

※角の生えていた……生えていたと思い込んでいる

又、ペンキを一缶買いました。一番大きい缶をそこで買いました。

食料もどっさりと買いました
次に郵便局の配達員がおじさんのお金を持って来たら僕はそれを拒否しようと決めていました。もうこれ以上おじさんに迷惑をかけることは出来ませんから。返すことの出来ないお金を、受け取りを拒否することがおじさんに対してできる僕の唯一の行為なのです。始めからもっと早くそれに気がつかなければならなかったのです。

赤い手の少しはがれたところをもう一度缶に手を入れて塗り直し、僕は出かけて行きました。

いつものように夕ぐれは僕の手を夕陽に照り返し、町往く人はぎょっとして立ち止まり、ふり向きました。

少しずつ乾いた所に新しいペンキを補い、少しずつ　大きなこぶに仕上げなければなりません。

そうやって少しずつ、角は大きくなってゆくのです。完全な、僕のほんとうの姿をとり戻さなければなりません。ほんとうの僕はそれが僕なのですから。

僕にのこされた時間はあまりないのだということを僕はそのとき知っていました。

僕の持っている乾いた時間の中で精一杯の僕を走って行かなければなりません。

僕は走って走って走らなければなりませんでした。

壁に僕の手の跡を貼《は》り付けていきました。まんべんなくそれは行なわなければなりませんでした。

僕がいなくなってもプーさんは当分それに気がつかないでしょう。

それとも僕と一緒にプーさんもそこに行ってくれますか？

この手の、壁の赤をみたら、いつか僕がここに住んでいた人間であったことをプーさんも思い出すことでしょう。僕の最終章は赤で終わるのです。ゆらゆらと赤で終わらなければならないのです。そして再び赤は始まってゆく。プーさんも一緒に行ってくれますか……。

でもそこはプーさんが行くところではないのです。そして、そこの人々はプーさんを必要ではないのですから……今の僕に……しかし今の僕にはプーさんが必要なのです。

僕は今、この刻《とき》をきざまなければなりません。少しでも長く走って走って。だからプーさんもっと早く刻をきざんでほしいのです。僕の往かなければならないその場所へ、遠く遠く、僕の往かなければならないその場所へ、遠く遠く、※あいつらからだけは絶対に逃げ出したい。あいつらの見えない所で僕はひっそりとくらしたいのです。だからプーさんもっと早く時を刻《きざ》んでほしいのです。

……

……

赤いペンキが見付かりません。赤いペンキが見当たらないのです。缶の中にはまだたっぷりと残っていたはずでした。僕はペンキを捜していました。タンスもカバンもトイレもベッドもめくってみました。僕はペンキを捜していました。ゴミ

※あいつら……実体のない人々

箱の中も、やかんの中も、僕は捜さなければなりません。必ず捜し出さなければなりません。僕はばけの皮がはがされてしまっては正体をはがされてしまってはいけないのです。僕の心臓の鼓動《こどう》は※プーさんを捜し続けていました。一刻も早くそれを捜し出さなければなりませんでした。

……『やめなさい』とどこからか声がきこえてきました。どこか聞き覚えのある声でした。

『そんなことはやめなさい』……『そんな事はやめなさい』……『それを……それを……やめるように』と赤いペンキのとり方を……それを教えてくれたのはたぶんとしえさんという人のようでした……としえさんは僕の隣に住んでいて、その部屋は……僕がここに住むようになってから人影を見たことがなかったその部屋にその人はとしえさんはいつのまにか住んでおりました。一度だけでした。一度だけその部屋のとびらが開いて、そこにその人を、としえさんの姿をみたのは。

※プーさんを……プーさんと赤いペンキを（あわてて）まちがえている

あれは夢だったのでしょうか
ドアのカギはさびたままかかっていて、
僕がその部屋に遊びに行ったのは、
あれはまぼろしだったのでしょうか
1枚のカーテンだけが、窓ごしにゆれていました。
僕が捜していたものは、
それを教えてくれたのはたぶんとしえさんでした。
としえさんはただ風がカーテンにさざなみ
その下からやわらかな、時折りきらきらとした光を僕に見せてくれていました。
どこにいてもいつの現在、過去《とき》、未来でもその光は射《さ》していて、
射《さ》していて、光はふり向かれることをのぞんでいるのだと……
光がゆれていました。
夢の中でゆれておりました。

僕にとってそれは思い出でした
としえさんの……としえさんの……思い出でした。

縄文青石《じょうもんブルース》

（だったのだったのだったのだった）
それは海と空が同じ青の色をしていて
空気が水と同じにおいのしていた頃《ころ》のことだった。
サリタは一日に3回水くみに出かけていった。
それはサリタの仕事だった。
一日3回水くみに出かけるとサリタの仕事《しごと》はおわった。
ある日水くみに出かけると黒《くろ》い影《かげ》のモニャモニャがつまりサリタが水にうつって
いた。
もう一度井戸《いど》をのぞくと二つの黒い影のモニャモニャがつまりサリタとカスタマ

が水にうつっていた。
一つのモニャモニャはつまりサリタはおどろいて顔をあげた。
もう一つのモニャモニャもつまりカスタマもおどろいて顔をあげた。
二人はじっとみつめあい、しばらくそうしていた。
二人はだんだんだんと近づいていった。
だんだんと近づきながらそれ以上は近づけなくなっていた。
二人はぴったりと体をよせあっていた。
二人はしばらくそうしていたのだった。
ずっとそうしていたかったのだが陽《ひ》がくれかかっていた。
「一日目《いちにちめ》にあおう」とカスタマは言った。
明日《あした》という言葉はまだなかった。
その頃《ころ》、三角屋根《やね》の家《いえ》の中でカセイダは、考えていた。
火と水とサリタは同じだと思っていた。

好きという言葉《ことば》はまだなかったのだった。愛《あい》という言葉もまだなかったのだったが、この言葉の方がぴったりなのかもしれなかった。

カセイダは考えた、サリタのことをずっと考えていた。

この村にはまん中に大きなひょろ長い石が一本立っていて石の中にはカミタが住んでいた。カミタは神様だったので空もとべるのだった。

ひょろ長い石のまわりにはだいたいまんまる石がまあるく並べられていた。

村の人々は何かを持ってきてはまんまるの中におき、そのあとまんまるの中から何かをもって帰《かえ》るのだった。

村人はだいたいそうしていたのだったが

中には何もおかずにまあるい石の中から何かもって帰る者もあった。

そんな時カミタはひょろ長い石の中からいかっていたのだった。

白い鳥は悲しんだ。白い鳥にはカミタの心がわかるのだった。

白い鳥は考えた。火の頭で考えた。考えた、考えた、そうしてわる者をつつくのだった。

そのために村人には、わる者がわかってしまうのだった。

わる者たちは木の上に作られた小さな小屋に入れられることになっていた。

わる者たちは小屋からにげたかったのだが白い鳥がつつくので逃げ出すことは出来なかった。

そのころカセイダは考えた考えた考えつづけながら頭の中にパッと電気がついた。

電気という言葉が使われ出したのは江戸時代のおわりか明治時代の始めの頃だったので、この時代には電気ということばはまだなかった。

カセイダは考えた、カセイダは働きものだった。カセイダはサリタの家の前からカセイダの家の前まで青い石つまりめのうを置いていった。

青い石は当時《とうじ》としてはダイヤモンドと同じくらい価値《かち》のあるものだった。

カセイダはサリタがそれを拾ってカセイダの家にくるだろうと考えた。

※火の頭……考える頭

しかしサリタは青い石にはみむきもせずにいつものように井戸ばたでカスタマと会っていたのだった。

そこへとなりの村の旅人《たびびと》がおとずれたのだった。

旅人は発見した、青い石を発見したのだった。

旅人はひろった、ひろった、青い石をどこまでもひろっていった。

旅人はふくろのようなものをもっていなかったから自分のきていた服《ふく》をふくろがわりにしてひろっていった。どこまでもひろっていったがだんだん重《おも》くなってきた。

旅人はたおれた、たおれた、とうとうたおれてしまっていたのだった。

旅人はわるいことがおこると考えた、考えた。

そうして旅人は青石をほおったままにして逃《に》げていってしまった。

カミタは見ていたぜんぶみていた、みていたのだった、カミタは神様だったから、
カミタはこまっていた、こまってしまっていた、とくにこまっていたのはカセイ

ダのことだった。

カセイダは働《はたら》き者だったから村にとってはなくてはならない人だった。

こういう場合、カスタマとサリタは村のおきてにしたがい出ていかなければならないことになっていたのだった。つまり罪人として出ていかなければならなかったのだった。

カミタはどうしたらいいものかと考えあぐねていた。


つまり……困ってしまっていた……それは白い鳥にもわかっていた。

白い鳥も困ってしまっていた。

ある日のこと白い鳥は一人の少年と出会っていた。

少年はかしこかった。かしこいということばは少年が大人になってから考えついたことばだった。少年はかしこかったため、白い鳥の心がわかるのだった。

少年はカスタマとサリタのことを考えた考えた考えたのだったが良い考えが思い

つかなかった。

少年は泣《な》いたよ泣いたよ……泣きながら考えたけれども良い考えがうかばなかったのだった。

季節《きせつ》は秋のおわりごろになっていた。

霜《しも》がおり、しぶい柿の実がやわらかな甘い柿の実になったころ村人たちはそれぞれにうれた柿の実をとっていたのだったのだが、旅人や鳥たちのためのこしておいた柿の実がまだ残っていましたが、いちばんてっぺんにある柿の実だけはなぜなのかだれも食べずにつねづねのこしてあったのですが、白い鳥がいちばんてっぺんにあるその柿の実をつつきおとしたとき、少年には何がおこったのかわかってしまっていたのだった。

……始まる……100年の行進がはじまる……

それは村人たちにも胸さわぎをおぼえさせ

……始まる……100年の行進がはじまる……

そのことは囚人たちにはむろんのことカスタマやサリタにもわかってしまっていたのだった。なぜならば白い鳥がカスタマとサリタの頭の上をぐるぐるとぐるぐるぐると飛んでいたのでしたから。それはサリタにとってはたった一人の家族《かぞく》である母おやとの永遠の別れを意味していたのだった。同じ罪をおかした者どうしがくさりでつながれて100年間のほうろうの旅に出なければなりませんでした。うそつきはうそつきどうしでつながれました。ドロボーはドロボーどうしでつながれました。カスタマとサリタもつながれました。

今までにぶじにふる里へかえってきた者はだれもおりません。

サリタは母おやに別れをつげました。母おやは何もいいませんでしたが母のほほには一つぶのなみだが光っていたことにはサリタは気がつきませんでした。

サリタの母はその昔、くさりにつながれた男女つまり両親がほうろうのたびの途《と》中《ちゅう》で生まれ、親切な夫婦《ふうふ》にあずけられてそだてられたということをサリタは知りませんでした。

サリタはカスタマといっしょならどこへ行ってもいいと思っていましたがただ一つ母のことだけが気がかりでした。

柿の実がおちたよく日に永遠にも近い行進が始まりました。

カミタはそれを空の上から見ておりました。

母もそれを見ておりました。

永遠にも近い行進を見ておりました。

母はみてました。ずっと見ておりました。

ずっとずっと見ておりました。

二人のカゲが黄砂にかくれ、みえなくなるまで……

※月夜人にて

注：月夜人は月の人なので地球人とは言葉の言い回しが少しちがっております。

此《こ》の地より見る今宵《いまよい》の球《たま》は青く輝き、人の世の極みが美へとの対極を成し、独楽のようにくるくると……この月はそうして回って……おりました……。

白磁器かがようひときわに、と照《で》りに輝くかの地（地球のこと）より飛び来たる事とはようようとは白水うすしも判りますればそれも又……喜びとはゆかしなつかし思えるものにございました。

世の人の、人の習いを、業《なりわい》を、夢まぼろしとも申しますれば天女の舞い、踊り姿《し》に恋に焦がれし仮りの世の夢又いとしとも思えるものにございます。

此の地（月のこと）には女の方が多うございまする。

男の方も居られまするが、夫の暴力や不理屈な行ないに堪えに堪え……、極み

※月夜人……言い換《か》えればエンジェルになる人々

に堪えてこちらに参られましたる方々が一番多うございまする。さても、男の方の中には走り人と呼ばれ誰よりも速いため人ではないなどと怨み妬みを買いては切り殺されましたる方々や、作り人と呼ばれ着物を作り、家を作り、履《は》き物を作りなどなどそれに懸《か》けては他の人とは比べようもなく見事に技を成し遂《と》げられ、それ故に参られましたる方々が住まいなされてございまする。

人の世の成り立ちとは、せめぎ合い、競い合いしてお互いを磨き合い高め合う理屈であれば、ここにお昇り参られしそれぞれのように……「※それを見習いもっと励め」などと、その上の役の者が声を掛けるなどしたりするのは罪と言うものではございますまいか……それはその元人《もとびと》の罪とも重なりて、ののしられ……打たれ……妬《や》かれても尚罪深く、その地に逗《とど》まり居《お》るよりは……此の地に飛び来たる事を魂の自《おのずか》らが美に望み……、今世、かの地に生き永らえるよりも死の方が喜びとは……月世の夜の帳《とばり》には慣れた話にございます。

此の国は、天の国、地の国とも離れましたる月夜の国でございます。心に曇《くも》り

※それ……技の達人

のある者は此の世に昇り来たる事は決して叶いませぬ。男の方の中には、さ様《よう》なる……高みへと昇り詰める程の技を持ち合わせておられましても、己の苦悶、苦《く》重《がさね》を女房、子供に八つ当たりしましたり、酒に溺《おぼ》れ、色に溺れ、金貨の貸し賭《か》けなどに溺れたりされます方が多うございましたる由《よし》、月夜の世に昇り来たる方はあまりございませぬ。天上屏風《びょうぶ》や飛天来迎図などに男の方が描かれておられませぬのはその故にございましょう。

……あしたに遊び……～……夕べに舞い……

飛天の羽衣を喜びに舞い棒げ、舞い上がり……幽《ゆれ》い落ちては戯《たわむ》れの輪を、空《そら》寿《ことぶき》に漂いて……花咲けば咲き、蝶《ちょう》浮べば……とりどりに……みどり草木たおやけく映え渡り……磨きの技のそれぞれは、光の綾《あや》を織り成して……光に降り立つ羽衣は……男身《おとこみ》のその技の……張る手を織《お》る手を誘いて……月の世の移ろひし日々の影りは世の人々には見えずとも、世の人々が月に魅《ひ》かれまするのはそがその故にございましょうか……折りがまた、浄《あら》い清めの折りにふれ、光影《ひかりがく》れ出《いで》まする※緋《ひ》の衣《い》の仰《おお》きなる大業身そらのその鳥は、陽の五色を薄淡く……銀の※玉居《たまい》に廻《めぐ》らして……繊《せん》毛の先までがその身心《みこころ》の自在となりて、繊毛が……羽根を曲げ身に折り曲げて舞びい居ますその有様《ありさま》は、月夜の世には無き御神の御世の荘麗を、月世にもその御心を……お示しなされてあるかのようにもございまする。

かの鳥は、折りにつけ二色《ふたいろ》三色《みいろ》と羽根色を変え、時に丸紋の蝶なる紋様を浮かび出し、気まぐれに……お昼寝をいたしおります様《さま》などは、一本の円筒《えんとう》にふさふさとした触《さわ》れぬ宝物のようでもあり、何処《どこ》ぞの寺の大井図などに赤やら朱やらで描《えが》かれておりまするのは、それを目にした時の驚きをその色にて著《あら》わす他にはなかりし故にはございますまいか。……はたまたは……その名の所以《ゆえん》を辿りみますれば緋《ひ》の鳥とは、処の地にては……赤のありながら赤には非《あら》ず……そのように……緋《ひ》の色にて飛びするものにございましょうか……。

さても、その様に優美なときを日々に繰《く》り……過ごし居ります事ながら、私共にも仕事と申しますものはございまする。

※緋《ひ》……月にしかない文字
※玉居……月にしかない文字・緋《ひ》の鳥（鳳凰《ほうおう》）の体のこと

私共の仕事とは、神が世にお出ましになられまする折、共に付き従いて弦を奏で、錫《しゃく》を鳴らし、鼓《つづみ》を打ちなど致しましたり、神の光の御回仰《ごかいこう》、踊り廻りを致しましたりするなどは私共が自らに定めましたる唯一と申すが仕事にございまする。仕事とは己が内なるを崇高おくひく高みえと昇り住き、導かれ往くそれがを願いましたる魂我《こんが》の磨きにてございますれば、何人あるいわ作り人、男の方々の様々なる……張る、織る抱える簡易なる技の行為《おこない》は、はてさて此の世が何とと名を成るものにございましょうか……。

月に人……※月の誠の語り部の……曰《いわ》く

青球のその昔、山々は……山脈なりに袂《たもと》が次なる山裾《すそ》を、袂を覆《おお》い、山々は脈々と流れ脈なりて……それはとは……今世と月世との、もと本来のありようをそれは処《か》の……いましの此《こ》の地にも映し出されてございました……。神の御心天地に一つ……天の国……地の国も又、いましが同じ成り立ちを……ささある姿に顕してもございました……。その御心……見えずは深く苔《こけ》青葉……月なる人々の

※月の誠の語り部……主人公本人のこと

青球に望み……青球なする人々は月に望みつ致しまするが、かの世青※きにははもう一つ、陽と言ひまする望むなるのがございますれば……月はまた陰おび夕ばえ入り陽が青に隠れます。

　私自身、月の世の古きより此の夜みぎ世に逗《とど》まり居《お》る者ではございまするが、古きは新しきを伝えまする源にてありまするが如く、さあつが月の光の日々新しきは古きを脈《つら》ね、古きは新しきを脈ねてその中に……私も住まいて居る者にてございまする。

　人の世とはその昔、その山脈なりに雨が降り、山土《さんど》の中を掻《か》い潜り、雨の道を逆さに辿《たど》りて、そこが、着いてみなくば何処《いずこ》に着くをやも知れぬ人の世を、掻《か》い潜《くぐ》り、這《は》い登りて……、……天に行きたいと願うては地に堕ち、地に堕ちても悔いのない者が天に昇りして、その姿を時季《とき》の中に繰り返しておるものにございました……。

　……左様なる語り事《じ》は古来よりしが私のたわ言ではございまする……が……今

※青……地球のこと
〰〰 主人公の心のゆがみ

も昔も時鳳凰《ほうおう》が出瑪瑙奇《※でめのうく》しくも……時にめでたく……月にめでたき人々の、癒《※いや》し人と申す輩《やから》の振舞い計りは……御蓮《みはす》登りの結界を踏み破り青球の地にくだります様《よう》、御池《みいけ》に飛び入る方もおられましたるが……そののちを、私《わたくし》は語りとうにはございませぬ。

……月夜語り部の曰《いわ》く……月の高みに参られましたる方々は……それぞれにみな美しく……私も……またそが中には含まれてございまする……。が……ただつがその美しさ故に参られましたるかぐや姫などは中でもひときわとりわけに美しく……香《かぐ》やいで……ございました。

御神《おんかみ》が、かぐや姫を連れ戻して参れ……と、お申しあそばされ、大雲を率《ひき》いて混雑す、世においで降り居ましたるあの暁《あかつき》の事どもは、月夜の世には珍しい……ただ一度きりのことにてございましたる由《よし》、月姫の行ないは、月の昔の語り草となり……のちの夜の……のちの人世のいつみつ　きつぎが　いつみつぎ、夜の話となりましてございました。

※出瑪瑙奇しくも……瑪瑙がこの世に現れるふしぎなる（まれなる）が如くに

※癒し人……地球に戻り人々を助けようとする人々

※いつみつぎ……月にしかない文字・枕ことば
※よもすがら……夜どおし

……※いつみつぎ……思いますればかぐや姫とは元《もと》の元々……竹の精……木の精（気のせい）……でもありましたるものか……と……とのおぶ

……おやまあこれは……私と致しましたるが、ぶしつけたづたが波立つが酔狂を……申し致してしまいました……。

……それにつけても……

……青き地球《ちだま》の十五暦《ごよみ》の晩などに、餅を重ね、豆を備えるなどして祝い踊りする様を眺めまするなどとせは、花の桟敷《さ》のひとときに、鄙《ひな》の灯りのおかしとも思えるものにございまする。

おや、おやまあ今宵日《こよい》がその十五日にてございました。

しのび参りが※よもすがら、ついその事とて四方山《よもやま》に……齢《よわい》つ語りを申し致してしまいました。

月人《つきびと》の※人日《じんぴ》に過日《かじつ》がもの申す無理難題も多ければ、ここ※不日とは暫《しばら》くが、※あかぼねするやゆ　※ひねもすのたり……うたかた寝刻《どき》に人が増え、今宵辺《あた》りはいかほ

※人日に過日がもの申す無理難題も多ければ……
地球の人々に昔の人（主人公）がもの申してはみても地球には無理な難題も多くあるゆえに（悩みごとはたえないが）

※不日とは暫くが……（月世には）時間という概念があるようなないようなものだけれども暫くの間

どか立ち見が出るやも知れぬとのこと噂、……か弱きか細き女身《おなごみ》の私めの手前、
身の丈大《たけだい》なる富士見坊、男坊めが仁王《におう》立ちたるなどともなりますれば……、①見月
……②月見に……③月が見え……ご早計……月のみかくれせぬうちに……
……席取りに参らねば、④早《はや》に出遅れまする故
……勤上……これにて……。

①月から地球の月見をすること　②地球から月見をすること　③坊主のハゲ頭
④早出をする人

※あかぼねするやゆ……月にしかない文字。（悩みごとに）ホネをおったのでという意味

※ひねもすのたり……一日中（不日）のどかにゆったり

政治に関する一編

①国家赤字を返済する方法

10億円を国に寄付した場合にはブランドの称号を与えるものとしその他のものにはブランドの名称を用いないものとする。又それ以上寄付した場合には10億円ごとにブランド2、ブランド3というように称号を与えるものとする。尚1億円を寄付した場合には準ブランドの称号を与えるものとし、それ以上寄付した場合には1億円ごとに準ブランド2、準ブランド3というように称号を与えるものとする。又本国にお金を無利子で借し出した個人、法人（期限は自由）は例えば正月に新聞、TV、ラジオにお金を寄付した個人、法人名と伴に名前（ペンネームでもよい）を掲載（または読みあげに）するものとする。尚お金を寄付した個人、法人の場合には希望者に限り無料で宣伝出来るものとする。このようにした場合お金を寄付した個人、法人の場合には高い信用が期待できると思われる。尚個人的な意見としてではありますが、お正月のTV、ラジオにこれを掲載する場合、ご自身の好みのタレント・スポーツ選手その他等にお名前（ペンネームでもよい）を読み上げてもらうというのはどうでしょうか、あまり人気の高いタレント・スポーツ選手その他等の場合は抽選としますが、寄付なされた方を優先とする。つまりこの発案の成否のカギは宣伝の仕方にあろうと思われます。尚、10億円以上寄付なされた方は政府に対して一定の発言権をもつことが出来る。又外国の個人、法人も日本に寄付をした場合、日本人と同等の扱いをするものとするというのはどうでしょうか。尚世界のまずしい国々を救済する問題等については国力がない場合あまり芳《かんば》しい成果があがらないため国家赤字解消を優先とすべきではなかろうかと思われます。

②戦争を解決する方法

戦争のかわりにスポーツで解決するというのはどうでしょうか。そうすると死者やケガ人も出さず、ミサイルや戦争等にばく大な金もかけず、そのかわりに観戦料や世界中から視聴料、スポンサー料も入り、その他にも戦争を止めようと期待する国内外を問わない献金等も期待出来、オリンピック以上に盛り上がると思われます。そしてこのようにした場合、試合に勝った方が前記の金銭かまたは争っている対象となっているもの（例えば土地）かのいずれかを受け取ることが出来るものとするというのはどうでしょうか。

なぜこのようにするのかと言いますと、勝った方には名誉と利益を、たとえ負けても、あまり損しないようにするためです。（負けても損失《そんしつ》が出ない場合もあり得る）

こうすることにより戦争を回避することが可能になってくると思われます。また1年ごとに5年間試合をし、結果に応じて争っている対象となっているもの

（例えば土地）を1年間に限りその土地の原住人にいったんゆずりわたすこととする。そして試合の結果どちらの国が勝っても負けても争っている（例えば）建物はどちらの国においても壊《こわ》さずにすぐに使えるようにしておくというのはどうでしょうか。

そして5年目に総合得点で勝敗を決定づける。又100年に1度再戦するというのはどうでしょうか。

これはなぜなのかと言いますと試合に負けた国の方に遺恨を残さないようにするためです。

公式にこれを実行する場合、国連にこれを申し立てをするというのはどうでしょうか。

③地球温暖化を止める方法

あき地に竹を植える。なぜ竹なのかと言いますと、成育が早く虫もつきにくくあるためです。応急措置としてこれを成すことにより、地球温暖化を止める役目を果たせるものと思われます。またガソリン自動車等を環境に配慮した自動車に変えるために国家が補助金を出すなど等その他必要な処置をとるべきではなかろうかと思えるところでありますが、この発案は①の国家赤字を返済する方法がある程度成功しなければ成立しがたいものであろうかと思えるところであります。

④国民の葬式は国葬とする

現在では、小さなお葬式なども流行《はや》ってはおりますが、ある程度の大きさのお葬式をすることにより、人間の尊厳《そんげん》を子供、大人に知らしめる効果があろうかと思われます。

ひいては個人的な考えとしては、犯罪等の抑止力になるのではなかろうかと考えるところであります。地域によってちがいもあろうかと思われますが、300人程度を民生委員（特に高齢者・無職の方々を対象とする）。その他知人、親せ

き、友人等を集め開催するというのはどうでしょうか。（ただし民生委員は希望者のみ）

これらの政治に関する一編についてはまだまだとして不十分であろうかと思われるところでありますが、読者の皆様におかれましても色々とお考え頂きたく思っているところであります。

また、これは法案ではなく私の夢なのですが、前述のようなことが出来ました暁《あかつき》には、お葬式が出たご家族（特に一人暮らしのご家庭）には一年間民生委員や友人・知人・親戚《しんせき》等が連携《れんけい》をとりあい一日おきごとに訪れるということを考えてみているところであります。（ただし民生委員は希望者のみ）

了

あとがき（真のブランドとは何か）

本編というものは一概《がい》にはなかなかとしてはうけ入れがたい箇所《かしょ》が多々あるものであろうかと思われます。その中でも特に受け入れがたいのは〝天外戸小華経〟や〝黒金土火葬月流し〟もさることながら私個人としては〝政治に関わる一編〟中の国家赤字を返済する方法ではなかろうかと思っております。

この中にはブランドという言葉が出てきます。

ブランドとは一般的にはファッション系のものに多く用いられている言葉であります。しかしほとんどのどのような企業（個人）に於《お》いてもこれを用いることにより購買力（威信《いしん》）の向上がみうけられるものと思われます。

それぞれの分野で活躍《かつやく》した企業（個人）が全国的に大々的に国民に認められ敬意を以てうけ入れられ、その他政府に関して一定の発言権をもてるようになるということは、その企業（個人）がとりも直さず国民全体の利益に大きな一助を担《にな》う役割を果たせることになるということではないでしょうか。

そしてそれこそが真のブランドと言えるものではなかろうかと思えるところであります。

著者プロフィール
十風 遥処（とおかぜ　はるか）
山形県南陽市出身　山形市在住

サディスティックな青空とカシオペア座に捧ぐ

2024年10月15日　初版第1刷発行

著　者　十風 遥処
発行者　瓜谷 綱延
発行所　株式会社文芸社
〒160-0022 東京都新宿区新宿1－10－1
電話 03-5369-3060（代表）
03-5369-2299（販売）

印刷所　株式会社晃陽社

ISBN978-4-286-25593-4